六花書林

松村威歌集

影の思考

影の思考　＊　目次

影の思考　Ⅰ

影の思考　Ⅱ

装幀　真田幸治

影の思考

影の思考　I

その1

この川を下るいろこの子が上りなんとするかやわが血つづくを

走りつつ水を飛びたつ水鳥にわがながきながき滑走をいう

流れゆく川面に映るわが影の水にゆらぐもわれをはなれず

ついてくるおのれの影を追い払いドアを閉めればそこにまた影

橋裏に水面の夕日ゆれるころぼくはたまらず腕立てをする

芋の葉の銀の露玉掌にうけて山々呑めりわがガルガンチュア

川の面に小石は五回とび跳ねて「死」のない世界の小石にもどる

春雪にスコップ突きたて青年はあゆみさりたり聖き雪踏み

風寒く陽はあたたかき早春の陰陽ふたつわが背にあそぶ

川沿いの四温の道の蕗の薹ひとつ齢とり今年も摘みき

やまなみの五月の色に染まるころ風吹ききたり若き記憶に

虫も花も正気失くせし五月野に足を踏みいれ仔細に見るも

からみつくいらくさあまたあるなかに羞恥あらわに白樺立てり

うら若き音たておちる五月雨の消ゆる暗渠を見つめていたり

あじさいのまさおの湖《うみ》にふる雨はあわれ牡鹿の自死のごとくに

ふりやまぬ五月雨みあげ歩きだす少女の腕にタトゥーが透ける

「嘔吐」だよ薫風きたる青空に鯉は口あけ泳ぎにけりな

茅の葉の若き緑は風を呼び刃するどく刻を待ちおり

豆の蔓のびろよのびろ雲を越え俗を見おろし涙を拭きな

うつくしくこの世をうつしシャボン玉なに知るもなく夕風に消ゆ

うたかたを燃える朱色に染めあげて夕焼けはかく悲しかるかな

夕立に濡れる白粉花《おしろい》玉の井の荷風の孤独をおもえば泣かゆ

水葬の星々沈め天の川かの清冽にいつかゆかばや

被虐志向つよき民族老い人も息せききってわれを追い抜く

歌ひとつ浮かびつつあるわが顔の痴呆あやぶみ雲をながめる

夕にしぼむ白き木槿のゆれおればアンネという名の浮かびきたりぬ

カンナ咲き赤き群落陽をかえしティンパニーの連打がきこゆ

夏畑に南瓜腐りていたるなり不要という名の自由を手にし

咲きおえてニセアカシアはニセのままおのが緑の影をつくりぬ

ことしまたその実をこぼし山桃はふところふかく時間をしまう

鎮静剤うたれしごとく垂れているブランコに黒蝶《こくちょう》とまりにきたり

その脚の制御装置にうなりつつ草に消ゆるまで百足をながむ

リフティング名人芸の少年も長けておのれの不遇を蹴りて

水澄める池に蹴りたる石ころは秋の秩序を乱すに至らず

その2

何の意志かこの世にわれはあらわれて駅の階段のぼりて降りつ

人のゆく道を逸れつつときに沿い幇間のごとへらりと笑う

大方はわれになじまぬ波長なりビルのすき間に蝙蝠惑う

灯り消し闇の底へと沈まんとすれど洩れくる現世のひかり

鏡にはたしかに目鼻ありたるに扉出ずればのっぺらぼうに

凹凸をこころのなかから掃きだしてわれ一枚の紙になりたし

鳥瞰かクローズアップで視るわれに標準仕様の視界いらざり

デラシネは何であるかとたらちねはわが行く末を憂い問いたり

あの世にも命のあらば植物にわれはなりたや青き花つけ

消されたる言語のように山彦が山々のなかほそく消えゆく

傲岸のあからさまなる画家の貌詩の一面の固着せるなり

灰色の瞳をひとつ描きのこし画家は消えたりカンバスのなか

死後に来てうつつを見つむ霊のごとトワイライトの電車の窓に

詩人とはうごく人骨模型なり夕べきたれば酒あおるかな

身分証明書入りＳＵＩＣＡで抜けて来し改札口にうつつの門

ほどのよき視界とながむる簾ごし夏の日盛りこの世うるわし

この星に重力あると理解すも逆さに立てるはおのれだけかと

少しずつ言葉の意味がずれはじめ納豆の糸、絹糸になる

孤独者の足音さらに高くなりやがてラヴェルは遠ざかりたり

鏑矢《かぶらや》の思い込めたるわが歌の失速しつつ歌群に沈む

ジャブを出し男はゆけり電柱のポスター見れば「愛は地球を救う」

日常の犬めと罵倒し目覚ましを止めおり勤労感謝の日

帰巣せぬ鳩を待ちいる少年の瞳に流浪の相はひらめく

わが内のふかき落葉の堆積に沈み発酵しては非人間

野良犬はハチ公的な美学をばついに持ち得ず野に骨さらす

遠くとは海の向こうにはあらずなりわれを囲める人の営み

路線捨て気ままにバスを走らせるそんな夢想に彼はおびゆる

歌会出で座れるカフェの白き椅子わが組む脚のスノッブなるも

わが血吸い膨らびおりし蚊をうてば目指すあてなくおのれ飛び散る

「イプセンの「ノラ」じゃなくって野良猫のノラよあたしは」少女は言いて

「ふつうって、馬鹿で下品でかなしくてそれでもふつうは羨ましいわ」

「楼蘭《ローラン》は人に穢れて消えたのよ風の音する沙の向こうに」

長城の向こうへゆかん茫々と草のひろがる地平の彼方

その3

重層の憂鬱のなか小鳥鳴きヒマラヤ杉にも春きにけらし

猥雑をしんとしずめて春のあり一輪挿しの椿のあたり

編む人の毛糸のオレンジ病院の待合のなか帽子と見たり

ドーナツの輪っかであるをうべなえり人の鬱屈そこより逃がす

生きること虚しとおもい欠伸してケーキ三つを並べ食いたり

知恵の実をあわれ食いたるわれなればルカもマタイも文春を読む

なにかあるなにがあるかと読みすすみ玉ネギの皮剝きおわりたり

いとおしき恋の傷みのようにして尿管結石ルーペにのぞく

たまきわる命もたざる白波の怒りさみしも鷗を連れて

フォスベリー式背面跳びは美しく進化にあらず詩人の発想

ＡＩの奴隷となるらし人間は稲の奴隷となりたるように

そのゆびを影絵あそびのキツネにと折れば女の獣がうつる

あさがおのあおくつつめる廃屋になにかなつかしき音楽ながる

背泳ぎの光へのばすわが腕　空の蒼さをかきわけてゆく

白鷺の飛翔の映る水のあり芥川見し夢のくにかも

人の海帆走してゆくわれは船どこかおのれの居場所を信じ

どんぶりを溢れ散らかる枝豆の莢もすぎゆく夏のできごと

宿の窓とおくに燃ゆる漁火のはかなくゆれて青春という

死してなお人恋うことも物悲し墓石に刻む「友情」の文字

口をひらけば作り話に笑う君深き悲しみ目尻にきざみ

葬式の饅頭の餡のうんちくを語る男にふかき喪のいろ

公園の池にならびて竿垂るるここの一家につつがあらずや

断崖の化石におのが死をとどめ心ならずも人にいじらる

アーリア人の骨格おもうモームの「雨」笹の葉ゆらし時雨は来たり

稲刈られ青き二次穂の芽ぐめるは冬をおもえば涙ぐましも

初雪の空より来たり雪女いとつつましく聖書をススメ

裸なる柿の木なれば鳥も来ず詩《うた》を詠むがに木枯らしがなる

水槽のおのれをつつく闘魚ありベッドのほかに何もない部屋

宦官のまなざしをむけわが猫は奪われし性を知るよしもなし

火焔土器ガラスケースに眠りおり豊かなりけり人眠るころ

幽閉をのがれ急げばうしろからジングルベルが追いかけてくる

ヒマラヤもただの皺だと地球儀をそぞろ見ており聖夜はふけて

犬猫もヒトも姿はそのままに命は尽きる　時間が消える

入り口は天国地獄ちがえどもあわれうつつの裏に出会うも

その4

光合成最初にはじめしバクテリア余計なことをとおもわぬでもなし

「種の保存」そんなものに制御され「君らの乳房」に目がゆくあわれ

湿潤の映画に倦みて出でくれば外はどしゃぶりわれは晴れたり

死ののちもわが父母と知覚せるセンチメンタルをヒトは持ちたり

初期ナチスにドイツ国民痙攣し　レミングの群れ海に飛び込む

わが叩く布団に籠もる妄執の散りてゆくなりきさらぎの空

夏空のわれらの上に鎮座して神輿はゆられ狂気を誘う

餓鬼道の性の歓喜の永遠は驟雨のごとくはかなきものを

うつしみを影に埋めて家々は川の彼岸に並び立ちおり

葱坊主二列縦隊にならびおり死者がゆくごと暮れる畑に

過ぎて来しうつつのあわくなるなかに暗き洞ありわが鬼褪せず

信仰の篤き人をばうらやみてまた蔑みて　われ人頭海月

腐敗するパイナップルの香を嗅ぎに夜の帳が降りてくるなり

豚小屋に薔薇のはなびら敷きつめてわれはまろびぬ　夢にジャン・ジュネ

鼻先かすめ大蛇からかう猿のあり恐怖に向かう感情はすでにあり

恐怖という魅惑の末にひと呑みにされる猿あり冒険家のごとく

「あの世」というはかなきものを考えし遠き祖先の人の悲しみ

モノを食う悲哀ふかしも牛タンに命をのこす舌の曲線

血のかようあまたの血管あつめてはひとつの思想奔流となる

市ヶ谷の電車の窓ゆ射す夕日聖《サン》セバスチャンの血潮ながれ来

礫も怖れぬ人の熱情を怖れ靴底のガムを剝がせり

わが底にも原油の層のごときもの　熱帯低気圧われらを覆う

冴ゆる夜のおのれの脈の刻む音この世にわれは独りなりけり

地獄とも神の国とも思うなくマリンスノーが寂かに堕ちる

戦場の塹壕のごと地下を這い蓮根は天の花を咲かせり

睡蓮はあやうきまでに真白なり　黄ばみていたる二十歳の写真

なつかしのエクタクロームの写真出ず全ての写真に人は遠景

夢のわれ、われの体の水を吸うゾッとするよな笑いを浮かべ

冷厳な月のひかりの蒼き夜に人ら眠りぬ目覚めを信じ

死してこそ永久にかがやく命なれ渇望という虚しき性は

打たれねば回らぬ独楽をヒモで打つ　打つ快感はとめどを知らず

このわれを奇人とおもい詩人ともおもい人間を逃れ近づく

熱帯の植物植えし鉢がありここはいずれやわが家の居間に

その5

屋上の赤き鳥居はものがなし姑息な願いをハタハタ揺らし

堅実に生きた人には適えられ夢というよりうつつのつづき

大江戸線新宿駅のカタコンベ　リクルートスーツ群れていたりき

こびりつきしカルトの脳にありしごと赤唐辛子キムチにからむ

妖怪に憑かれてみたし春昼になすこともなく桜ふりくる

容赦なく今はとびさり黄泉へまた青信号に人はなだるる

時計という無粋なものの運動に振り回されてあの世にいたる

如雨露から撒かるる水は陽に踊り如雨露の内に暗き夏あり

泣きながら土を詰めおり甲子園そしらぬ顔の選手好もし

アラビアのロレンスは沙のネフド越え沙は乾くもまなこは濡れて

火の鳥が燃え翔ぶごとき不知火も明日は干潟にいそしぎ群れて

レジスタンスいつしか市中の民となり苦瓜ゆれて夏はゆくなり

右翼左翼老いていまなお友なれど右と左が入れ替わっており

消えかかった横断歩道の縞模様　囚人服をわれは脱がざり

カリブ海の海賊たるを夢想して定年まぎわのわが昼休み

おのが命投げだし他人を救うとき美談に酔いし者もあらめや

国訛り聞こえてきたるラーメン屋いそぎすすりて早々に出ず

吊革をにぎる乙女の襟足にほのかゆれいる秋の七草

いにしえの石津謙介のジャケットにベルモンド主演の半券ふたつ

生きること即ちなにかを殺すこと呪われし星そうとも言える

夜の沼を三日月蒼く照らすころきこえてきたり闇の祝祭

うすずみのなかの原色すぎゆきは時に異様に生々しかり

大樹となりいかな姿になりたるや若木に彫りしあのイニシャルは

不安げに首をもたぐる青虫の目なき鼻なき貌に陽は降る

豚も食い牛も食いますフレンチか二度づけ禁止か夕焼け小焼け

拒絶する者の寂けさ漂わせ秋蛇ゆけりうつつの向こう

ブロック塀舐めとるマイマイ見ておれば短歌なるものそんなものかと

力づくで読みつづけたる小説に祝日好天吸いとられけり

わが足を咬みていそげる黒き蟻　フォルクスワーゲン急発進す

鉄アレイちからをこめてにぎりしむ窓に満月赤くただれて

十月桜十月になり咲きいたり律儀なる人をわれはおそれる

稲、柿もゆたかに実る季《とき》きたりわれは不毛の豊饒かかえ

燃えのこるわが火のごとく水のうえ運河に赤きネオンゆらめく

蛇というただそれだけで野の道に殺め砕かれ石仏は笑む

その6

野ざらしをわが宿命と思いきてわれに妻あり子あり孫あり

空き缶のごとくながるる心地せり地下通路にはヒトの奔流

キズとなり時間の帯にのこりたるものが雨の夜ひらきはじめる

おのが脚食いつつ生きる蛸の絵は窮せる詩人を想起せしめつ

何のいのちか薄く切られて大皿に花のようなるひとひらを食う

進化するどこかでおなじ母持つや眠れる女人われにもたれる

道の端のはこべ の花は愛らしく小学唱歌くちずさむ嗚呼

「明朗」 とながく忘れし言葉出で菜の花畑のなかをあゆめり

ドライブスルーをでればポテトの匂い充ち詩は戯言とにわかに思う

暗室に透かしてのぞく陰画こそそこに何かがかくれていたれ

あの恥もまたあの恥も赤々と燃えだすばかり齢ふるごとに

この星をつくる微小な粒となるおのが裸体をひねってみたる

十字路にたちどまっている夕凪のわれに吹きこよ今宵の友に

すぎゆきを灯し蛍は舞いにけりうつつ灯せば堕ちて死ぬらん

来てみればわがふるさとはみすぼらし夢の小箱にしまいおくべし

海が海が見えないすなはまにむかしむかしの麦わら帽子

ボサノバをうたうがごとく笹ゆれて願いに応え星はまたたく

おくれ潮テトラポッドにとどまりてしばしを蟹と戯れにけり

溶暗の森の奥なる杉の木の湿りを嗅げば父の咳あり

クリップをつなぎあそべば長き夜のつくえのうえの銀河鉄道

死火山のあとの火口の湖に捨てし金魚も秋も赤かり

踏みてゆく落葉のたてる音のなかたとえば第九の冒頭の歌

耐えきれず熟柿はぐしゃりと堕ちてくる聖なるものは大地を汚し

ブルーベリーの小枝に冬の日差し照り女学院からミサの鐘の音

現在《いま》以外ワイドレンズの図のように全てを奥に押し込めんとする

街角にケーナの音がながれきてほのか浮かびぬ雪のアンデス

コンドルはたがこころにも舞いおればふとたちどまるジーンズの少女

風葬のたましい渓に吹かるるごと人のすきまにとぎれつつケーナ

この今を踊るがに跳ね白魚は20時8分わが胃に消えつ

静脈も影うすければ看護婦は三度針刺しわが血を抜きき

太陽系第三惑星ぐうぜんに水ありわれあり牛丼を食う

この痒みとまればわれはどこにいる痒み止めをば擦り込みながら

プラスチックの金魚数匹のこされしバスタブのなかわれは眼つむる

おのが手で葬りたきやわが屍長き異邦の時間をねぎらい

影の思考　Ⅱ

トマト三個と猫とわが影

なにひとつ過不足のなき卓の上トマト三個と猫とわが影

実体はトマト三個と猫にしてわれは朝《あした》の淡き陽の影

わが影を見つめておれば影こそがわれとおもほゆ、ならば実体

乱暴に言えばドッペルゲンゲルの希釈のようなそんなものかと

人の世は錯覚なれど死ぬるまで気づかずあれば錯覚ならず

陽が高くなればわが影消え失せてトマト三個と猫の実体

水平線

「あっ海」と列車の窓に洩らす声、水平線は茫々とあり

「あっ海」は私の声というよりも脳の奥から湧いてくる声

サイダーがサアーッとひろがりゆくように血がかろやかにひいてゆくなり

なにかふと希望にも似た開放感ぴちぴち跳ねるシャンパンの酔い

熱情と反対極へかぎりなく向かい始める祝杯のごと

水平線あわれむやみに横に伸び存在はただひとすじの線

ホトトギス

チーンした冷凍ピラフを食いおればキョッキョッキョキョと時鳥鳴く

無頼派の嘲笑のごとホトトギス声はすれども姿は見えず

その子供、孫も曾孫も血の暗さ知れば会わざり托卵という

托卵という倦怠の美学をばピラフ食いつつ礼賛するも

紅鮭

ひときれの皿にしずもる紅鮭にノルウェー沖の怒濤を想う

フィヨルドの氷のような切っ先のフォークにのせる淡きくれない

傷みこそ故郷をめざす力なれふいに匂えりふるさとの川

帰り来しスカンジナビアの川を染め遡《のぼ》りたりけん生命《いのち》の果てへ

徒労だということなかれとわれに言い嚥下するなり淡きくれない

山鳩

充たされぬ者こそ詩《うた》はあるべしとグルッグルッと山鳩鳴けり

里を捨て里をはなれぬ山鳩よ空の高きを鷹がゆくなり

玉のような声にはあらず叫ぶでもあらず訥々鳩は鳴きおり

どこかしらファドのようなるひびきあり黒き葡萄はふかく垂れたり

断ちきれぬ俗なるものへの憧れをわれは詩《うた》わん　山鳩鳴けり

キャンプファイヤー

燃えあがる焚火の炎がゆれはじめ囲む人らの淫らなまなこ

火と夜に支配されたるたましいは狂気呼びつつ次第にゆれる

火の鳥はわれらのなかにしずもりて時の来たれば翼をひろぐ

夏の陽に炙られ昼の公園は憑依の貌をかくし鎮めり

落下へとかわる刹那の噴水のちさきふるえを悦楽という

桜二首

「ヨカナーン」と声がするなり夜桜の白き裸身の花の奥から

とおくきて詩は復讐と見つけたり　ナイフのおもてにしずもる桜

ヤモリ

外灯の下なるところヤモリ見ゆほかにどことて居場所はあらず

ただ在ればなにも欲せず思惟もなくおのれの呼吸に耳を澄ましぬ

遠吠えを闇にむかいてするように道を隔てた壁にわが影

われは視るヤモリのふかい簡潔を世事に疲れしまなこをあけて

すぐそこに妻子の待てる灯り見えヤモリをながくながく視ていき

雪

雪国にあらぬ都にふる雪はどこか不吉な浪漫の匂い
ただ白き非日常は宝塚歌劇のような性的夢幻

二・二六、桜田門外、青年の自慰にあらずや霏々たる雪は
うすあおきロシアンブルーの瞳には雪の事変の世紀末やどる

直立猿人

ミンガスの「直立猿人」叫びだす自慰の歓喜に「手」という道具
ほとばしる男の飛沫、太陽の季節はきたり直立猿人

デカダンを烈しくゆする足音は直立猿人ピテカントロプス

星空を古代の人の眼で見たや畏れ知りたや神に触れたや

肛門科

肛門科の若き看護婦わが尻を剝きてながめて医師をよびたり

看護婦と医師に肛門見つめられそのうえ医師は太き器具挿入

屈辱の快楽なくば詩人とは言えぬと固く信じきたりぬ
屈辱と呼べるほどにもあらねども快楽のつぼピクリともせず
苦痛のみ襲いきたるはわが詩性とるにたらぬとおもえば悲し

いや待てよ苦痛があれば快楽の鉱脈ありといまだ思うも

がらんどう

母の死もわれに涙はあらざりき涙あらぬを悲しみにけり

いつよりか「死」は救いという観念が霧のごとくにわれに巣くいき

わが前をきのう走りし野良猫の轢死体あり「終わったね」という

がらんどうを救いしものは恋なりきゆめまぼろしを求め来たりき

帝国陸軍

そのかみの帝国陸軍着用の装備一式ふしぎな蠱惑

日本刀、銃に銃剣ひところす道具なりけりしんと佇む

沈黙しわれに命令を発す者貌は見えねど有無を言わさず

意識下のわれをゆるがし去りし者いつかまた来てわが血を揺する

渓間

杉林の昼なお暗き道ゆけば黒き揚羽蝶《あげは》はわれをいざなう

甘き死の死者とおもほゆ揚《あげ》羽《は》蝶《ちょう》 ふかき渓へと降りてゆくなり

やわらかな脳震盪めいた悦びがわれをつつめりあとを追いゆく

酩酊の自我を失くせしたましいは渓間のふかき淵へと向かう

ふかきふかきクレバスなれど狭ければふっととびこゆ自死というもの

自由

ギラギラとかがやく闇を見上げてた手術台の上《え》にぼくは寝かされ

カミュならパーンとピストル鳴らすとこアルジェの光がまぶたを襲う

囚われのベッドでぼくは空想のピストルを抜く「今こそ自由だ」

目覚めれば麻酔を覚ます部屋のなかぼくの自由が軋みはじめる

雨の操車場

操車場にとまれる無蓋の貨車にふる雨ならぼくに傘はいらない
はるかへとつづく鉄路も濡れておりわれに安らぐところはありや

東京へ汽笛を鳴らし急行が走りすぐなり悲鳴のように

あの日見た冷たき雨の操車場夢も見ていし十六なりき

昼の湯の壁を滴がすべり落つ無蓋の貨車に雨はふりける

黒衣のひと

麻酔から覚めたるひとの閑かさに黒衣のひとは墓地を出でたり

陰鬱な雲のたれこむ春まだき冬の薔薇はしろくあるなり

悲しみは甘き夢にも似ていたり桜のつぼみは風にふるえる

葬送は残りし人のためにあり黒衣のひとは角を曲がりつ

ゴンドラの櫓を漕ぐ音が耳に鳴る鉄の扉がギィーと軋めり

オケラ二首

くらやみでおのれの嘘に恥じたればオケラはひとり夜に鳴くかも

眼に見えぬことこそうたう詩人なれ冬もまぢかのオケラの声は

ジェラート

アイスクリームなめつつ歩く道すがら子の担任と擦れ違いたり

教師顔、そんなひとつの類型は歌にもありてセンチメンタル

歌人顔、そんなひとつの類型もありてこの世の不幸を背負う

炎天にアイスクリームは溶けはじむサルバドール・ダリの時計の態に

不都合はわが存在の証しなりダリの時計をすくいて舐める

ジェラートを舐めるオードリー・ヘプバーン青春はここに完結をみる

ダンサー

フィナーレを踊るがごとく樺の葉は風にふかれてクルクル舞いぬ

飛びあがりあるいは地面を踏み鳴らし森の奥へとふかれてゆきぬ

春になりふたたび命は芽ぐめるも散りし落葉の命にあらず

木枯らしに老いしプリマが立っている樺の梢に夕闇がある

駱駝とストリッパー

シニカルな視線を駱駝はわれに投げ冬を噛むがに草を食みおり

持て余す苦き自意識悔恨をするごとしきり口を動かす

「あんたたち、見たきゃあ見せてあげるわよ」あのストリッパーは痩せていたっけ

もう若くない痩身をさらしつつ女は笑いき憂鬱そうに

斜視ぎみの駱駝と痩せたストリッパー浮かんで消えき木枯らしのなか

ヒモ

ヒモを見れば捕獲をせんとする猫に「隠居はヒモに似たり」と言えり

一度くらい男子たるものなりたいと思いし日ありヒモの生活

戯画化したヒモの映画をむかし見きモンローだったかもはや茫々

火曜日は火曜の女の顔になるアイダホあたりのアンチャン風に

本命のヒモに悩むもヒモは来て本命来たらず嗚呼不条理

はや五年隠居暮らしも齢かさねヒモというよりヒモはわが首

神性

森ふかく赤き鳥居のひとつあり聖なる獣《じゅう》の沈黙の声

デフォルメの狐のまなこに見つめらる畏れふかかり古の人

かみさぶる鳥居の内に翔ぶ木霊　ギャーっと鳴きたり鵯高く

エルシノアの亡霊のような杉の木はわが獣神の影にあらずや

デフォルメの狐のまなこをのぞき見る　フロイトよここに首を垂れよ

斑猫

性愛と死はどこかが似ていると性愛なんてなにも知らぬころ

首吊りのあった桜の木の下にわれを待つがにハンミョウはいたり

女郎屋の名残りの朽ちし板塀に張り付くように赤き鬼百合

ハンミョウは死んだ女だたましいだだらだらのぼる墓場への道

スパンコールの羽をふるわせハンミョウは昼闇に消ゆ白き卒塔婆

十一の夏の終わりのことなりし蟬声はまだ盛んなりけり

冬の日

涸れ川にまなこのような水溜まりこころのうちを風吹きすぎる

持て余すおのれの内部をかきまわしコンクリート車がとなりに停まる

醜悪と罵り来たるこの生にしがみつくがにビタミン一錠

親子旅ほのぼのとしてＢＳは泣ける嘘などわれにひととき

春雨

ぬばたまの今宵は今宵の星ながれ仮面七つをおのれと信じ

くちびるも鼻梁も言葉もみな垂れて口笛だけが少年のまま

捲りたるほどに古びし歌集なり文庫サイズに息あたらしく

「おやすみ」と寝床のなかでつぶやいてそれからさきの長き春雨

座標

わが座標　見当違いを皆言うをなにも言わずにニヤニヤ笑う

横軸にたぶん大きくずれながら乾いた何かがわれをあやつる

横軸はゴルゴダの上《え》の十字架の横棒のよう地にはとどかず

十字架の地に刺さりたる縦の棒、暗澹として聖なるかなや

美と歓喜われらを統べる暗黒へ縦の棒より血はながれゆく

横棒はいったいどこへ行くのだろう天に昇らず地にも潜らず

オペラグラスは逆さに

朝がくる朝がくるなり鉦叩きその声やめばわれは眠らん

あざやかに朝日をかえす鉄の蓋「おすい」とあるをわが踏みてゆく

かかとというなんとも地味な存在に靴べラを当て来し方思う

とれかかったボタンひとつをゆらしつつ山の手線は二周目渋谷

オペラグラス逆さにのぞけば人遠くいちょう落葉はやわらかにふる

ユーカリの木陰の墓碑銘豪州の少年ビルは享年十九

鳴るベルにかるく敬礼して捨てた故郷の駅の赤きカンナは

この今を走る小蟹に胸熱く人に持てぬをかなしみにけり

閑雅なる性欲誘い澄む秋は山の楓もいろづきはじむ

またひとつぷちっとつぶれた音がするどんぐりを踏む明るい小径

靴擦れに靴を両手にぶらさげてまだすてきれぬ人世をあるく

カーテンをあけて待ちおり星空をながれ旅する孤独な者を

しのびよる荒廃みゆるうすき手にどんぶりをふかくつつみいるかな

気がつけばすだく声なく鉦叩き日がないちにち回るこの星

あとがき　何故短歌を書くか

私は幼い頃からぼんやりしがちな子供だった。それについて親の注意もうけましたが、なにもかわることはなかった。中学生になるとこれは私の内部と何か関係があるんだとうっすら感じはしたが、それ以上のことはやはり何も分からなかった。高校生になるとこれはもう明瞭に私の意識の上に浮上してきた。俺はいつも「このぼんやりした世界」へ自分の脳が向かっていてそれが何なのか探っているんだと。しかしそれが何であるかは謎のままであった。

私が本に親しみだしたのは遅く二十歳過ぎのころからである。三十二、三歳の頃だろうか、ドストエフスキーの『悪霊』を読んでいた時私の心を揺さぶる文章に出会った。ただごとではないものを感じたのです。ドストエフスキーの文章はやたら長いし探し出すのも面倒なので、記憶だけでその要点だけを書いておきたい。ドストエフスキー自体「癇癪」の持ち主であったが『悪霊』の登場人物キリーロフもまた癇癪の持ち主であった。そのキリーロフの台詞である。

「もうあと一秒、一秒もすれば癇癪の発作がおきて俺はぶっ倒れて失神してしまい一週間ほど寝込むだろう、その寸前、まさに寸前だよ。おそろしい明晰が現れるんだ。この全世界と取り換えてもいいほどだよ」、もっと長々とした台詞だったが、これが私の中の何かを揺さぶった。

動物は生まれた瞬間から弱肉強食の「死」の恐怖にさらされる。進化の頂点にある人間も同じである。発達した脳の恐怖は他の動物よりもむしろはるかに強い。ですから人の脳は常にその恐怖から逃れようと働いている。道は二つである。一つは出来るだけ恐怖から遠ざかること。もう一つは限りなく恐怖に近づくことである。言いかえれば脳を極度に弛緩、あるいは拡散。もう一つは、脳の極度の凝縮、緊張である。

弛緩が最終的に目指しているのは「睡眠」である。同じく凝縮の最終目標は失神である。どちらもそれが完璧に成功すれば「死」と同じ状態になり恐怖は消える。だが睡眠の場合、それが90パーセントしか成功しなかった場合10パーセントの凝縮がのこりそれが「夢」となって現れる。一方失神してしまう寸前の一瞬の弛緩、これがキリーロフの言う「おそろしい明晰」だろう。私はこれを勝手に「逆夢現象」と呼んでいる。弛緩は意識や知性を司る分野で凝縮は無意識や感覚を司る分野である。

こうして人は脳の「弛緩」と「凝縮」の複合体をいつも持っている。これが感情の源ではなかろうか。その場合、感情の方向次第でどちらかが主でどちらかが従である。そののち人の脳の発達に伴い感情は増え複雑になっていった。その感情を発する脳の場所も幾つかあることがわかっている。だがそれは別の問題である。感情の基本形と関係ないと考えた。

　これが私を悩ませつづけた霞の解答であった。私はこれで小説がモノにできると狂喜した。しかし何一つ書けなかった。私にはディテールを書く能力が全く不足していた。その後は仕事に励んだ。

　大方人生も見えた六十歳になって、文学青年らしかった時代を懐かしみ俳句を始めた。そして短歌に移った。私の表現には程よい長さと感じたからだ。あの頃考え、感じた夢のつづきを、今何人かの方に頷いていただければ、この上ない喜びです。

二〇二〇年十二月

松村　威

略　歴

1945年生まれ
短歌歴10年

影の思考

2021年2月26日　初版発行

著　者――松村　威
〒252-0202
神奈川県相模原市中央区淵野辺本町2-7-11

発行者――宇田川寛之

発行所――六花書林
〒170-0005
東京都豊島区南大塚3-24-10-1A
電話 03-5949-6307
FAX 03-6912-7595

発売――開発社
〒103-0023
東京都中央区日本橋本町1-4-9　フォーラム日本橋8階
電話 03-5205-0211
FAX 03-5205-2516

印刷――相良整版印刷

製本――仲佐製本

ISBN978-4-910181-13-4 C0092